献 歌

李 扬◎著

上 · 门徒集 / 下 · 无脚鸟集

我的欲望很多，只有你才能将它填满。我的心思很重，只有你才能将它倒空。

跨过生命的这道栅栏，我将变成一片雪花，消融在你温暖的掌心里。

知识产权出版社
全国百佳图书出版单位

图书在版编目（CIP）数据

献歌/李扬著．—北京：知识产权出版社，2015.1
ISBN 978-7-5130-3154-7

Ⅰ.①献…　Ⅱ.①李…　Ⅲ.①诗集-中国-当代　Ⅳ.①I227

中国版本图书馆 CIP 数据核字（2014）第 263820 号

策划编辑：卢海鹰　　**责任校对：**谷　洋
责任编辑：倪江云　　**责任出版：**刘译文
装帧设计：张　冀

献　歌
李扬　著

出版发行：知识产权出版社有限责任公司　　**网　址：**http：//www.ipph.cn
社　址：北京市海淀区马甸南村 1 号　　**邮　编：**100088
责编电话：010-82000860-8335　　**责编邮箱：**nijiangyun@cnipr.com
发行电话：010-82000860 转 8101/8102　　**发行传真：**010-82000893/82005070/82000270
印　刷：北京科信印刷有限公司　　**经　销：**各大网络书店、新华书店及相关专业书店
开　本：787mm×1092mm　1/32　　**印　张：**5
版　次：2015 年 1 月第 1 版　　**印　次：**2015 年 1 月第 1 次印刷
字　数：102 千字　　**定　价：**39.00 元
ISBN 978-7-5130-3154-7

自　　序

二〇〇五年至今，我多次游学于日本北海道大学。北海道迟迟不肯开放的樱花、整个冬季清幽扑面的粉雪、黑美人一样俏皮的乌鸦、处子一般纯净无邪的蓝天、略带神秘感的清酒，都深深烙在了我生命的航程里。远离了国内的喧嚣，我获得了一些难得的清净时光。每天黄昏，在北海道大学无名的小溪旁孤独的漫步中，我对我和世界、我和我的关系进行了诸多思考，于是有了《献歌》这本散文诗集。诗稿完成后，我又断断续续进行了删改，前后历经近十年，力求圆满。然而，因本人想象和驾驭文字能力的有限，始终无法企及诗歌灵魂及其表达的无限。

多有友人反复追问我，诗歌中的“主人”究竟是谁。其实，我在上篇［五六］已经回答了这个问题：

他们都把你当那惟一的丘比特神，我不会再辩解了。在尘世间，我的时间是有限的，还是让我争取每分每秒来为你歌唱吧。

在他们的责问中，我的孤独早已化作苦楝树的沉默，和你饮宴上的音乐。

你常常在我生命薄薄的器皿里装满痛苦和绝望的酒水，但你从来就没有让我失望过，从来就没有。

就像每个冬天的深夜，你总是如期用寒冷将我从睡梦中唤醒一样。

或许，整部散文诗集只是我对另一个我的倾诉。但无论如何，我要说的是，我的心中是有一个主人的。虽然我愈想接近他，他就离我愈遥远；他离我愈遥远，我愈想接近他……

李　扬

二〇一四年九月二十九日

于 Des Moines, IOWA, U. S.

目　录

献　　歌

上·门徒集

[一]

你离去的背影并没有填满时间的黑洞，它牢牢地吸附着我的灵魂和肉体，让我在自省的苦痛中翻阅那些逝去的时光。

你收留和教导我的日子，我只当你的慷慨是高高在上的施舍，刻意用尊敬拉开和你圣坛的距离。

当我幡然醒悟，才倏然发现，你是真的已经离开我悄无声息地走了，没有依依不舍的离情，只留下孤独的我站在迷雾重重的此岸，茫然不知所措。

我该如何走近你，让你成为我轮回里永远的主人?我没有福分与你合二为一，但我深深知道，只有通过你，才能找到远方的道路、绝对的真理和有血有肉的生命。

后悔是无用的，叹息是徒劳的。不该走的，早已隔山隔水；该来的，又总是昙花一现。

[二]

我已经将我的小木船撑过了河岸。时光都在过河的汗水中消磨了。

春天没有告别就悄悄地走了，只留下遍地落红。我不知是否还要继续寻觅和流连?

赶集的人们步履匆匆，像暴雨一样从我耳鼓冲刷而过。惟一倾听不到的，一直是你那双叫人心慌意乱的脚步声。

小木船长满了青苔，河面上黄叶无声地飘零。

河岸边的村落里传来阵阵锣鼓声，喜庆而令人心碎的声音啊。我一直寻觅和流连着的，是何等令人失望的结局！

当无知的黑暗在我的心上编织巢穴，对岸一阵动听的歌声却划破黄昏的沉静，从点点星光里杳杳飘来。

在春潮一般的惊喜里，我即将枯萎的生命，又像小草一样，在仁慈的春天里苏醒。

[三]

在人们熟悉的笑容里，我窥视过你哲人一般的容颜。在我安然的梦乡里，你好像慈母一样抚摸过我的脸额。可是，如果你我是有缘的，为什么我总是找寻不到你的踪迹？

献　　歌

为了倾听你的足音，沐浴你的光彩，我走过了草原，走过了山地，走过了都市喧嚣的人群，也走过了乡间古老的村落。可是，我是多么的不幸！

是我内心的庭院洒扫得不够洁净，还是我没有敬奉给你足够的虔诚？

是你故意考验我的耐力和真心，还是我根本没有资格分享你神圣的荣光？

如果我注定只能在每一首诗歌里瞻仰你伟岸的身躯，和莲花一样盛开的心的形象，那么还是让我远离你吧。

我失去的，将是美丽的家园，和大海里闪烁的航灯。

而我获得的，将是自由、宁静、童心，还有甜蜜的孤独。

可是，我是多么的不幸。

［四］

寒冷的冬天已经早早地走来了，有人告诉我，你还在贫瘠的村庄，挨家挨户播洒你的福音。你何时才能敲响我的门环，点燃我冰冷的小火炉呢？

我是尘世间一只迷途的羔羊。春天，我辛勤地耕耘着。秋天，我愉快地收获着。然而，为什么我心灵的粮仓依旧空空，始终无法得到你的救赎？

是我的所求太多，以至我的包袱太重？

如果我有一颗麦粒，我愿意奉送给正待播种的农人。

如果我有一块金币，我会毫不犹豫交给路上过往的乞求者。

可是，得不到你的拣选，听不到你宽恕的话语，在芸芸众生里，我的头顶即使戴上国王的桂冠，我仍将是一个在牢狱中挣扎的罪人！

［五］

每当黄昏在蜻蜓轻柔的翅膀里降临村庄，我就开始坐立不安。而当你的使者告诉我，你正乘坐华丽的马车从远方赶来，我又害怕你发现了我的慌乱和轻浮，不敢站在你必经的路旁。

村里的老者告诉我说，在你的眼里，我永远是一个孩子。

老者的话我深信不疑。可是，我对自己却毫无信心。为了接近你，我曾经自负地沉湎于喧嚣的都市，岁月的手指已经在我的心灵上画满了各种色彩。

站在你的面前，就像进到天堂里，也许我会感到更加孤独。但是，在茫茫的人世间，除了不断地接近你之外，我不知自己还能追求什么。

目睹你的马车在村旁的道路上惊起的鸟群，我不断地拷问自己，血液里流淌着秋天的野火。

［六］

黎明的乳汁已经填满黑夜冰冷的肠胃，丁香忧郁的歌声将我从睡梦中唤醒，我分明听见了你远去的脚步声。

我不敢挽留你啊。你的脚步属于大地和远方，你慈悲的光芒注定要翻遍世间每一个黑暗的角落。

和无数的乞求者一样，我的粮仓已经储满你的恩典，你生命的血肉，无时无刻不在喂养着我的饥渴。不管未来的日子有多么严酷，我都会在你的召唤声中走过死亡的躯壳，只因为我虔诚地相信，世上惟一能够创造神迹的你。

河岸边，你的船已经鼓满了风，你的水手正在将远航的号角吹响。

此时此刻，除了蒙福的喜悦，我已经没有了别离的悲伤，也不会说出祝福的话语。

[七]

我该如何走近你？

我心灵上的负荷很重，我背上的行囊却空无一物，即使走到你的门前，我也不敢将你的门环敲响，生怕被你发现了我的窘迫。

敬奉你的渴望却使我在你的门前久久徘徊。就容许我驻足一会吧，哪怕你将我当乞丐一样地施舍，当醉鬼一样地驱赶，对我也是莫大的恩宠。

[八]

一回头，就可以闻到你甜美的呼吸。一伸手，就可以触到你高贵的衣裳。可是，你究竟行走在世间的哪个角落呢？

你点燃了我生命的油灯，又吹来一阵寒风将它熄灭，让我找寻不到你的踪迹。

当月光拥抱着我的忧伤在你眼眸里升起，我才蓦然发现，我早就把你供奉在心灵的殿堂里。

[九]

趁我的果园成熟的时节，快来采摘吧，不要对自己吝啬。

这是最好的收获季节，温暖的阳光正将满园的果实捧在手心里。

趁果实还在枝头弹唱，赶快将它们都采回去储存在你的地窖里吧。

不要等到雪鸟在天空编织黑色的巨网，也不要害怕踩坏了我的果园。

我满心地期待着，哪怕我的果实不会摆上你金色的果盘里。

[一〇]

来吧，我的梦，和着那夜莺清绝的歌唱。

拥抱着四月南国的春风，来到我的梦里讲述封存了几个世纪的童话。

天空里飘过的信使告诉我说，草原上最勇敢的骑手已经将皮鞭高高扬起，羞涩的晚霞正在秋水里梳妆。

从遥远的彼岸踏水而来吧，来端坐到我的神殿上，在我的镜子里建造你美丽的花园。我脆弱的生命，这薄薄的镜子，早已期待着反射你的光芒，因而自己也变得光亮。

[一一]

我已经走了很久很长的路。在深秋的一个傍晚，我终于走到了你的渡口。

河岸边的村落里，家家户户都已经紧闭了门窗。对岸也似乎看不出一点光亮。

渡口惟一的渔夫告诉我说，村落里那个快乐而顽皮的少年已经早早地离去。

渡我过河吧，我的主人，将我的眼睛连同沉重的躯壳，一起投入对岸无底的黑洞里。

跨过生命的这道栅栏，我将变成一片雪花，消融在你温暖的掌心里。

[一二]

秋天已经深了，集市也已经消散。

在小贩的吆喝声中，我忙碌了一整天，却一无所获。我箩筐里的财货也无人问津。

我并不抱怨小贩的无情和自己的不幸。在拥挤的人群中，我不经意地触到了你的衣角；我的双眼失明，却看见了世上最靓丽的风景；我的两耳失聪，却听见了人间最美的乐音，我从你那里获得的，世上再贵重的财宝也不及万一。

集市消散的时候，小贩们都抛弃了财货，争相追随你走了。

［一三］

歇歇脚，加入我们的行列吧，旅行者，这里正举行一年一度的盛大篝火晚会。

卸下你肩上的重担，忘记明天的日出，和我们一起舞蹈吧。在琴师的琴弦上洒下你的音符，将你的鼓点融入鼓手的节奏，或者给我们讲讲你旅途的奇闻异事。

旅行者，为什么沉默着继续走你的路？

是急着去天涯海角寻找你前世失散的旅伴？

还是一如既往，要用无尽的流浪证明你的孤独、骄傲和对自己许下的诺言？

[一四]

也曾在你必经的驿站苦苦守候，也曾无数遍在心里勾画你的形象。

也曾托道路千万里追寻你的足迹，也曾请求清风捎去封封厚厚的书信。

其实又何苦呢？在时光无尽的轮回里。

在游子回到故乡的那个风雪之夜，我就已经分辨出了你的脚步声。

当农夫们围着柴火聊起一年的收成，我就已经感受到了你的厚意。

当白云在荷塘里给自己戴上盛开的莲花，我就已经捕捉到了你的身影。

而当暴风雨掀起一座座房屋，我也知道了什么是你的力量。

在时光无尽的轮回里，其实又何苦呢？

［一五］

我的欲望很多，只有你才能将它填满。我的心思很重，只有你才能将它倒空。

幻想着在人群中和你不期而遇，又怕你携我的手去你的王国，让我坐上国王的宝座。

渴望着你用梦的翅膀轻触我的睡眠，又怕你真的走进我梦的小床，从此我只能用忧愁来侍奉你，并且忘记了为你祷告。

还是让我在你的花瓶里插上一朵小花就悄悄离去罢。即使千年等待之后相遇的那个日子，也让我与你擦肩而过。

这样的惩罚将使我从一开始就虔诚地将你敬拜，并且永远为你守候和歌唱。

[一六]

如果我的音符像掉落大海的陨石，搅乱了你春日里的安眠，我还是归于沉默罢，并用沉默来喂养我的渴望。

即使世界再次陷入最初的混沌，你收回天地间所有的光明，我也要坚忍着。

就像慈母懂得自己常年漂泊在外的孩子，你一定懂得我沉默中所要倾诉的话语。

[一七]

你坐着花篮从上游漂来。你从天堂来到人间。国王和他的臣民争相给你献上珍宝和佳肴，他们都从你那里得到了慷慨的恩宠。

我拿什么奉献给你呢？我是国王麾下惟一的傻瓜，甚至不懂得从路边采摘一朵无名的野花奉献给你，更不知如何说出甜蜜的话语。我所有的，我所做的，只是心里相信。

你径直拨开人群走到我跟前说：跟我走吧。

刹那间，我的灵魂穿过肉体的牢狱到达天堂，开始获得永生。

[一八]

五百年前，你许诺今生带我一起周游世界，日月轮回里，没有一个人知道我们漫无目的、无休无止的行踪。

五百年后，当你再次像一个久不见面的老朋友走进我的视线，我才发现，你早就在我生命的额头烙上了永恒的印记，它们就像古老的格言一样，因为时空的消失愈发在尘埃里发光发亮。

时间已经到了。我已经忙完了所有的工作，也没有行装要整理。就这样两手空空随你出发吧，你的爱和宽恕像春日的朝阳，一定会填满我内部的黑暗，让我获得永生的光明。

[一九]

使者，游牧部落公主的仆人，神秘森林里巫婆的候差。

身着蝴蝶的彩衣在花丛间翩翩起舞，拥抱着红叶的嫁妆在秋风里低吟浅唱。

夏日里给我送来汗水芬芳的使者，寒冬里用洁白的雪花填充我儿时童话的使者。

我心灵的镜子因为你的到来而染满尘埃，却也因为尘埃而变得厚重和饱满，充满世俗而真实的欢乐。

你的速度和神秘让我看不清你的方向和容颜，但我知道你就站在我的身边，住在我的心房里，并使我获得平凡而琐碎生活无私的馈赠。

[二〇]

繁忙的一天，很快就在昼与夜亲吻的时刻消隐了。

我的日子一天天变得单薄，你却吐出细密的蛛丝将它紧紧缠绕，并用远眺的目光使它延伸到天涯的尽头。

在长吁短叹中我掷散了自己的灵魂，你却拾起它的碎片，将旭日装扮成最美的新娘，并用燕子归巢的歌声抚慰着它的悲伤。

在茫茫的人海里，我每忙碌一天，每认识一个人，都只是为了让我的脚步更加靠近你一步。

[二一]

我该感到欣喜还是悔恨？当我挨家挨户乞讨，最后就要到达你的门前？

纵然你不计较月光下我在麦地里长眠不醒的童年，我却不能卸下漫长旅途中的累累沧桑，生怕你的慷慨成为我无法破解的咒语。

我该感到悔恨还是欣喜？当诺言穿过时空的隧道，扯下神秘的面纱，像三月的桃花一样就要在你的帐篷里开放？

纵然你可以闻到我千年的梦想酿造的米酒芳香，我却害怕你真的砸碎了我心上的镣铐，让我陷入茫然的自由，再也找寻不到行走的方向。

[二二]

如果我的痛苦能够增加你的欢乐，那就让我的心遗失在冬夜冷冷清清的街道上。

如果我昨日的眼泪或者明日的忧伤，能够在你的丹炉里添加一把柴火，那就让我收起雨伞，任凭狂风暴雨将我吹打。

我只想在你的福音里打开心灵的闸门，在你的叹息里紧锁我的眉目，当你还在睡梦中的时候，就为你悄悄地准备好可口的早餐。

即使你赠我以月光宝盒，我也将拒绝打开它，回到最美的记忆里。

即使你在我的镜子里画满所有美丽的风景，我也只当它是虚无。

游过今生苦难的河流，才是走上你国度的惟一道路。

［二三］

时光都在忙碌和等待中错失了。

何时才能撑出你的小船，渡我到彼岸去，让我的灵与肉从此找到安放的家园?

我必须先给自己戴上沉重的镣铐，因为我为你唱的歌总是时断时续。

在此岸的人海里，让我成为自己的奴隶，成为所有人的奴隶。只有这样，当我终于站在你的面前，才有资格分享你神圣的爱和福气。

[二四]

让北斗星牵引住我的脚步，就在此时此刻，让我的脚步找到回家的路途。

用你的仁慈铲除我心中的罪恶，不要让我再在罪恶的煎熬中度日如年。

但愿我能在你宽大的怀抱里安眠片刻，静静沐浴你慈祥的目光为我洒下的清凉甘露。

一直漫无目的地四处漂泊，为的只是追寻你那时刻在吸引着我，让我产生延绵不绝力量的、惟一真实的亮光。

此时此刻，就让我像一只迷途的羔羊热切地将你呼唤。

不要像对蚕茧一样牢牢裹住我心灵的迷雾不理不睬，派出你的狂风使者卷走它们，直到它们化作细细的春雨，无声地滋润我早已干涸的心田。

[二五]

我的储仓里堆满宝贝，世人只当是废铜烂铁。你和他们不同，我手里明明握着一个铜板，你却当它是闪闪发光的金币。

我给他们满园的果实，他们却还索要整个的秋天。你和他们不同，我明明是一个罪人，什么也没有做，除了信仰你是惟一的主人，你却将我当作可怜的羔羊，用神圣的恩典将我救赎。

我在他们心灵黑暗的角落里燃起一堆篝火，他们却还索要满天的繁星。你和他们不同，我只是利用一点空闲时间将你敬拜，你却交给我兄弟姐妹，让我获得纯洁的爱，和支撑生命的支点。

为什么我反而和他们越走越近，和你越走越远了呢？

你的慷慨让我变成可怜的乞丐，他们的贪婪却使我成了富有的国王。

[二六]

我为你唱的歌没有人懂得欣赏，除了那个傻笑着在沙滩上建造自己城堡的傻子。我为你抒写的美丽诗句，他们也只当是疯子的言语。

这一切的荆棘都无法刺中我的心脏，我只生活在和你约定的誓言里。

我还没有福分得见你的容颜，也不知你居住在星球的哪个角落。可是，只要我走进茫茫人海，就可以倾听到你铿锵有力的脚步声；只要我在漫长的黑夜里辨不出方向，你就会在我的前方发出一声声呼唤。

我不会再抱怨生命的孤独，也不会再感叹岁月的蹉跎。即使尘世间失之交臂，我们也将在永恒的生活里，千百世生死轮回。

[二七]

红叶已用灼热拥抱大地，雪花也将洁白奉献给了天空。你依旧没有到来，我和你相见的日子仍然遥遥无期。

睡梦的网，我惟一的道路，已经被醒着的双眼封闭了。每当夜晚来临的时候，我只能任由月亮在我无眠的天空里泼洒苍白的光芒。

呼啸的海浪，吞没你远航的船只吧。怒吼的狂风，卷走你安居的小屋吧。忠诚的朋友，都背叛了你紧闭门窗吧。

当你衣衫褴褛地回来，我将奉上我最好的绸缎。当你疲惫不堪地回来，我将端上我最好的美酒。当你孑然一身地回来，我将献上我真挚的热情。

橘子捧出了绯红的笑脸，麦子低下了高傲的头颅，村头的梧桐树下，依旧不见你的身影。在今生的房子里，或许我真的无缘坐上你的宴席，一睹你的容颜，一尝你亲手酿造的佳肴。

[二八]

欲望是沉重的，但要清除它的时候我又觉得不舍。

献　歌

你将我生命的杯子盛满，又一次次将它倒空。你在我贫瘠的土地上开垦出茂盛的果园，又一次次无情地将它砍伐。

我毫无怨言。我确信我的粮食就储藏在你的仓库里，我的无价之宝就埋藏在你秘密的宝盒里。

我渴望自由啊，但自由的渴望又让我充满了恐惧。

一次次离开你，又一次次靠近你。一次次靠近你，又一次次离开你。为什么我无法彻底清除心房里的俗物?

我憎恶你给予我的阳光和雨露，却又不得不在你的阳光和雨露里生长。

我的雄心像大海，我的意志像白云；当我真心向你祈求福气，又怕我的愿望轻而易举得到你的应允。

[二九]

当黑夜张开巨大的翅膀飞越大地，我的光明，你就吹着嘹亮的号角，准时来到我的床前。你的每一个音符都是一朵浪花，欢乐像潮水一样撞击着我脆弱的心岸。

白天阳光明媚，我却一无所有。白天里，你隐藏在芸芸众生中，我惆怅的眼睛找寻不到你的任何踪迹。

只有在黑夜里，我才会变得富有。你动听的语言，就像南国四月的春风，轻轻吹拂着我的头发。在你足迹亲吻过的肥沃土地里，我一遍又一遍找到那把开启天堂大门的金钥匙。

我的光明，白天的贫穷换来的，是黑夜的富有；等待的痛苦酿造的，是醇香的美酒。我要放弃了手头一切的工作，倾我所有，供奉在你神圣的殿堂里，真心向你祷告。

在这样的祷告中，我坚信，我会得到你真心的宽恕和祝福。

[三〇]

当你像一只勤劳的燕子在我的心檐上筑起巢穴，我并不感到欢乐，里面装满的，不仅是爱的美好时光，还有别离的淡淡忧伤和惆怅。

鲜花盛开的时候，也就开始了凋零。月儿饱满的时候，也就开始了残缺。当你完成你的使命，你我的缘分也走到了尽头。

我没有遗憾，也别无所求。你在我青春的长笛里吹奏出最美的乐音，我已经拥有了生命耀眼的荣宠。

感谢你，我惟一的主人，是你让异乡的我在光影里牵到了你的衣袖，并且回到故乡，做了招待自己的主人。

［三一］

冬天已派狂风在大地上敲响锣鼓，并用冰冷的雪花撒下漫天的欢乐。在它阴冷的嘴唇里，我卑微的生命又将开始漫长的牢狱生涯。我脆弱的心，这薄薄的杯子，已被恐惧的汁液充满。

这是对我的奖赏还是惩罚？也许我该找到一个温暖的巢穴，蜷缩着度过冬天里每一个孤独的时刻，并让肉体彻底背叛了灵魂许下的诺言？

我的心满是迷惑。我极力想捕捉到你的微笑在时间碎片上投射的真理的亮光，我的心却不时遭受肉体射出的利箭围攻。也许我真的永远无法将自己连根拔起，亲手供奉到你的面前。

那就让我把肉体抛弃在滚滚尘埃里，只用灵魂和你缔结永生的缘分罢。

[三二]

用你万钧的雷霆将我麻木的灵魂震醒，发出你声如洪钟的呼唤，让我在尘埃里飘荡的灵魂重新找回自己的肉身。

我不想再在往日的迷惑和废墟中消耗宝贵的光阴，让我像一只扑火的飞蛾扑向你，即使一脚踏进万丈深渊，也义无反顾。

我的绝望就像一条在热锅里蹦跳的小鱼，请用你仁慈的海水浇灌它。欲望的海盗已经将我的意志洗劫一空，派出你的法官来审判它。

别再放纵我在哀叹中走入歧途，伸开你的手掌将我紧紧握住。道路是盲目的，而你的诱惑又是如此强大。

[三三]

多想躺在你的怀里安睡一晚，诉说我千百世轮回的罪孽，哪怕我的诉说让你看出我的脆弱，让我离你更加遥远。

夜是漆黑的，洞是无底的，你的宽容却是无边无际的。

我不敢轻易出门，害怕碰到了刚为自己掘墓归来的另一个我。

只有你才能使我重新拾起散落的意志，在阳光下郑重地告白。

推我一把，让我纵身跃入大海，从此找不到肉身可以回头的海岸，这将是你给我的最珍贵的礼物。

[三四]

你已经在我的灵魂里刻下了永久的誓言。

饥饿的狼群还没有在冰天雪地里出没，你就离开我悄悄地走了。

我该如何感激你。故乡的门槛已经开启，天堂的梯子已经从天空垂下。即使夜莺也唱着不眠的歌声，来庆幸自己刚刚获得的爱人。

时间是短暂的，几个世纪过去了，你耗尽心血，终于完成了一件杰出的作品。你在我背后建起高耸入云的围墙，让我再也触摸不到昨日的肩背。

我不会再感到绝望。最终当我跪倒在你的面前，我也将得着这样的回报，用我成熟的花朵装扮你高贵的荣光。

[三五]

你的死神已经悄悄走过了我的门前。在它脚趾亲吻过的万道霞光里，我在亲手埋葬自己的每一寸土地上坚强地站起来。这是你的胜利，也是你抛掷在岁月尘埃里无价的珍宝。

你的绝望已经将我紧紧拉住。在你的绝望里，我才发现脚下的土地原来就是坚实的彼岸。

是独自出发的时候了。当我的灵魂开始说出你想要说出的话语，我的脚步已经勇敢探寻着走上没有方向的道路。

风到耳边无声，浪到脚下安眠。在小溪一路的歌声里，有泪花悄悄滑落到大地的眉心里。

[三六]

当我终于平静地向自己的背影挥手告别，即使乌云也送来了雪山的圣水。

屋檐的冰挂计算着春天苏醒的日子，将寒冷的往日向大地诉说成一滴一滴闪亮的心事。

我的歌曲不再忧伤，虽然它的音符依旧流淌着阴冷的寒流，召唤却清晰地将我引向你的缕缕炊烟。

寒风的哨声里送来的，可是我即将离别的世界？那里的尘埃埋藏着一颗颗有待考古的珍宝，不知能否等到哪个有缘之人？

[三七]

我该如何来辩白我的心迹呢？我赶着走我不知通向哪里的旅途，你却坚持认为我是去赴一个千年的幽会，在黑暗中紧紧追赶我的脚步。

我是乞丐中的国王，国王中的乞丐。你梦中的归期是我高高的珠穆朗玛，也是我漂流中茫茫的太平洋。

栀子花开的五月，睡梦中闪亮的日子也许会变成一个个久远的传说。那时，我将紧紧抱住自己的碎片和诗歌，醉卧在江南漫长的梅雨季节里。

[三八]

在不眠的诗歌里，我无时无刻不在对你进行虔诚的敬拜，为什么我的心反而变得更加空荡?

当我把你想象成脚步再也无法丈量的远方，我的日子为什么反而被草原节日的篝火填满?

你请暂且歇息一会，放开了我的手，让我的肉体堕入尘世的深渊。

或者熄灭了北方上空野兽嘴里的七只火把，让我的灵魂在启明星倦怠的眼睛里漂浮着。

你只有将我彻底地抛弃，才能将我拯救于水火的煎熬中。

[三九]

当我在你的慈眉善目里读出了只属于我的咒语，我的心也就在每日的自我迷惑中变得更加清醒。

身后紧跟着的若有若无的脚步声和公园里热闹的风景，常常令我心烦意乱。道路两旁飞驰而过的马车扬起的滚滚烟尘，却让我不再对远方的远方心驰神往。

我的悲伤和欢乐始终是一对孪生兄弟，隐居在灵魂深处那个不易被发觉的角落。我从一开始就成为自己欢乐的掘墓者。

一个声音对我说：打开你的箱子看看吧，或者在春风中和小草说几句悄悄话。

黑暗中，我摊开自己的双掌，心事重重，两眼饱含着热泪。

［四〇］

你的梦想是我所遇到的最高的高山，在兴奋的战栗中我感到无比的忧伤。缘分使我相信命运创造的伟大奇迹，无法跨越的距离却让我更加深切地感受到生命的卑微和渺小。

忧伤也是时间凝结在贝壳里的珍珠，即使只能在远方为熟悉而又陌生的你吟诵动听的歌谣，我的生命也经受了你神圣的洗礼。

当我走到生命的终点，你也许会握着我的手说："我根本不认识你。"那个时刻，彼此也许会在凝望中感受到灵魂最后的孤独。

而我，不管是否有幸得到你最后的收留，都将怀着恐惧而神秘的向往，去大地上寻找那个失散已久的牧羊人。

[四一]

节日的集会上，你和所有的人谈笑风生，却让我在黑暗的角落，沉默着饮我的孤独。

果园成熟的时节，你慷慨地让所有的人去采摘果实，却连一个青色的果子也不给我留下。

即使最平常的日子里，你也总是给如我一样的贫困者送去惊喜和欢乐，却连一句安慰的言语也不肯对我说出。

夜深人静之际，黑暗的空中传来你洪亮的声音：我是公正的。我给他们的，也一样给了你，那就是生命的信念。

在满面的羞惭中，我感到自己从未有过的幸运和富有。

［四二］

夏日的清晨，几丝羞涩的红云将天空的脸颊描画得民歌一样清纯，若隐若现地出现在东边的山谷里。

我和其他人一样，满怀希望赶早来到乡村的集市上。看见我无所事事地到处转悠，一个小贩好奇地问我说：

“诗人，你没有什么要卖的吗？”

“没有。”我愉快地回答说。

“那你有什么要买的吗？”第二个小贩也满脸迷惑地问。

“也没有。”我同样愉快地说。

“既没有要卖的，也没有要买的，那你来干什么呢，诗人?”第三个小贩同样不解地问道。

“我要卖的，是你们根本不需要的。我要买的，你们又没有，或者你们有，但是太珍贵，我根本买不起。”我仍然愉快地回答说。

“诗人，那究竟是什么东西呢?”第四个小贩更加迷惑地问道。

“我也不知道。”我忧心忡忡地老实回答道。

听了我的话，小贩们哄堂大笑起来。我也和他们一道开心地笑着，丝毫不感到羞涩。

[四三]

我被许多个叫作我名字的我所囚禁，我一次次说服着自己越狱潜逃，结果只是将监狱的围墙修建得更高更牢。

绝望中，我和这些叫作我名字的我结成了朋友，并且紧紧地把他们拉在身边，当他们是经过长久交情考验的一样。

我为自己的成功感到骄傲，越来越谨慎地护卫着和他们的友谊，生怕一不小心就得罪了他们。

结果我赢得了两顶桂冠：一顶是生命骄奢的国王，另一顶是死亡可怜的奴隶。佩戴着这两顶沉重的桂冠，我的灵魂再也看不见远方。

[四四]

我还根本不配拥有谈论和想念你的喜悦。我为你唱的歌，被乌鸦掺进一个不协调的音符就戛然而止，我为找寻你驶出的船只，遭遇一点风暴就折回了出发的海湾。我每天都在埋怨，你为什么不快点来临，可是当你真的来到我身边，我却把你当毫不相干的陌生人。

我也根本不配品尝和你别离的痛苦。我惟一的爱人只是我的影子；我随手就把你的那些不眠之夜丢在陌路旁不闻不问；我嘴里说着“为了你，我愿意抛弃一切”，却用懈怠紧紧绑住自己的四肢，整日哀叹着自己的不幸。

当我遍体鳞伤，试图皈依你的殿堂，绝望的锁链早已将我紧紧捆绑，我再也听不到你的话语，闻不到你的芳香。

[四五]

假如我穿过今生狭长的走廊真的无法与你相遇，那就让我将灵魂悬挂在沙漠孤独的城堡上，用年来计算每分每秒。

让我用可怜的脚步把山山水水全部走遍，绝望地大声呼喊着你的名字。

哪怕背负着耻辱牌游街过巷，亲人和朋友全都抛弃了我。

当我像一个无助的乞丐坐在路旁的尘土中伸出双手，也叫路人都像见了瘟神一样绕道而行。

即使倾我所有建造好宫殿，装饰好鲜花，准备好乐队和盛大宴席，也让那国王的宝座永远地空虚着。

无数个轮回过去了，遥望你驾着祥云从天空匆匆漂过，我所有的苦难刹那间都化作战栗的惊喜。

[四六]

恋人们整天用欢笑或者眼泪滋润着青春的梦幻，天上人间。可是，当他们最终回到你的面前，他们也会像两个彼此陌生的人，平静地各自坐上你早已为他们安排好的位置。

当勇士将染满鲜血的斧头和利箭作为最好的礼物，献给敌对部落的儿女，他们将因此而满身佩戴族人敬献的荣耀的花环。可是当他们最终回到你的面前，他们也会像绅士一样，彬彬有礼地向敌对部落的儿女行礼问候。

我想方设法把国王的财富都据为己有，心力交瘁地守护着它们。可是当我最终回到你的面前，我都会亲手把它们归还给你。

四季里的花朵，竞相吐露恼人的芳菲，只有你才明白它们的意义。

只有你才是惟一的、最后的胜利者。我的诗歌，也是为了惟一的、最后的你，才如此深情地歌唱。

[四七]

我竭尽所能在人群里为你纵情歌唱，在漆黑的夜里为你纵情歌唱，我的歌声仍然无法拨动你的心弦，只因我的歌声埋藏在厚重的冰块里，就像被淤泥封盖着的熊熊燃烧的烈火。

我要用骑士的勇敢打开坚固的冰盖，将忧郁而多情的歌声放出黑暗的牢笼。它将像春天里的滚滚惊雷，劈开乌云编织的黑色巨网，一路奔向你，奔向你。

我要撕开小丑似的面具，赤裸着奔上大街小巷，告诉遇见的每一个人："看啦，这就是我的主人！"哪怕人们在我背后大声嘲笑："瞧，这个可怜的疯子！"哪怕你只是在我的心尖上挂上一滴伤心的眼泪。

不管岁月有多远，无论你如何拒绝我，我只要去掉虚伪的修饰，一刻不停地奔向你。

[四八]

漫天的雪花像二月春风里那条飘飞的白纱巾，忽远忽近。梨花园里熟悉的浅笑，似乎又隐隐在耳边响起。时光的隧道开始一直后退，只因为你一直死在我不死的美丽记忆里。

献　　歌

没有开始的结局来得无比神奇，就在你坐上海盗的船只远行的那个夜晚，我就注定要用梨花丛中飘忽一现的身影打造永生的爱情之舟。

许多个寒冷的冬季过去了，又一个寒冷的冬季来临。遥远的北国天空下，这个季节的雪花，在我厚实的窗外是如此的悠远。

我一直用秘密的回忆和幻想坚守着彩虹的爱情。偶然相遇的时光，日渐模糊和冰冷，心碎的声音却宛如云雀唱出的歌声，是如此动听。

爱情的秘密是猎人装饰着玫瑰的冷冷的枪口，可是又有谁用不言不语说出过海啸的台词？又是谁用化蝶的翅膀将万年的冰河架设成牛郎织女的虹桥？

春天里的花朵，很快就会送走冬季恋恋不舍的泪水。相信我，不管你是躲在雪花的帐纱里，还是旷野的空气中，我都会用凝神的目光，去找寻你曼舞的精魂。

只因为，我不但爱有你过去的收藏，更爱有你未来的幻想。

[四九]

你每天用爱的乳汁喂养着我的梦想，我梦的翅膀变得无限臃肿，就像一只被宠坏的金丝雀，再也不会飞翔。

天边传来阵阵惊雷，我恐惧地关起门窗，颤抖着蜷缩在温暖的灶炉旁。

“远方发现了金矿，时候已经不早了，和我们一起走吧。”

村里的年轻人两手空空，成群结队经过我的门前，兴奋地呼唤着。

“我的储仓里满是金子。”

我懒洋洋地斜靠在门柱上，幸福地应答着，双脚一动不动。

一天清晨，当阳光提着满筐的金子来到我发霉的床榻前，我从睡梦中醒来，发现已不见了你的身影。我试图在床榻上寻找一丝你爱的痕迹，却只找到我青春僵硬的尸体。

[五〇]

我开始相信命运和奇迹，我所有的失败都是为了在北国的平原上遇到你。我认识的每一个人，都只是为了把我最后领到你的身边，让我对你一见钟情。

我不知道你是哪个部落的儿女，手里握着什么秘密的法宝，还没有开始的一瞬间，我就又恼怒又欢喜地感觉到，我已经完整地属于了你。

在夜晚失明的眼睛里，我将所有岁月的心事吐露成整个夏季的热情，就当你是前世偶然失散的伴侣一样。

若干年后，当你独自一人来到我的墓碑前，我的灵魂再次沉浸在丁香的泪泉里。就像若干年前的那个夜晚，我真诚的告白，只是在黑夜失聪的耳朵里化作蛙声中突降的雨点一样。

[五一]

原以为你是因为快乐才将我降临世界，谁知你却用痛苦将我紧紧拥抱，让我带着沉重的镣铐在人世间无休止地忙碌。

既然你如此安排了我的命运，那就叫光明从我眼眸中消失，让所有的黑暗都灌入我心中。

身处牢狱中的囚徒，再多的栅栏也不能使他变得更加绝望。

天生的流浪者，再多的流浪也不会给他带来更多的漂泊。

我要掀开你的盖头，看清你到底长着一张怎样神秘的脸庞。

如果你手里真的握着不可战胜的力量，那就让花朵永远不要在四季里开放，看能否使我变得更加悲伤。

大地上已经烙下了我带着镣铐舞蹈的身影，永远继续这场比赛吧。

尽情地嘲笑我，让所有的爱恋顷刻间都化作万马奔腾的仇恨，或者派出你的死亡之神将我的灵魂绑走，看能否赚取我的一滴眼泪或者一声叹息。

[五二]

你究竟要在我生命的田地里挖掘什么样的财宝呢?

用我的眼睛来打量这个世界，你只有在破碎的镜子里才能用月亮来完满你的光辉。通过我的耳朵来聆听这个世界，你只有在战场的鼓声中才能找到摇篮里最淳朴的真理。

在自己的阴影和失败里叹息着，你反而变得更加锲而不舍。这样做肯定是你的欢乐。

你浪漫的理性将我囚禁在生活一个怪异的角落，却又在我的诗歌里开满鲜花，试图通过拯救我的灵魂来完成你的不朽。

[五三]

日子已经越来越近。恐惧是无益的。

过去的时光，已经紧紧抱住我美丽的诗句，在流浪者的传说中变得不朽。

虔诚的脚步，即将告别漫长的天路，为什么反而变得无比犹豫?

逃避是徒劳的。日子已经越来越近。

心灵的殿堂，一直秘密燃烧着寻常百姓家的烟火，即使天涯依旧，我也会虔诚地走进自己幸福的宿命。

你无时不在将我呼唤，过去，现在，未来；无处不在催促我珍藏着青春的记忆启程，在惊愕的人群、华贵的宫廷和纷乱的梦幻里。

当我终于匍匐在地，亲吻你脚下芳香的尘土，不言不语中，如同眼里的一滴泪花，一切都随喜乐蒸发了。

[五四]

让我在你的失望里独自饮我生命苦涩的酒。你是我生命中永新的神光，可是我还远没有和你的光明合为一体，我依旧渴望着孤独将我鞭打的漫长时光。

我的光阴从来就没有虚度，也永远不会虚度，因为不管道路有多曲折，我走过的每分每秒，都只是为了最后走进你的家园。

有时候我无所事事，在尘世间闲逛，以为自己背离了你的方向。但我一直走在你所指引的道路上。快乐的，我学会了珍惜；忧伤的，我也学会了珍藏。在许许多多的微笑和眼泪里，我的生命早就因你而散发出奇异的芳香。

［五五］

我知道你究竟是我的谁，你也知道我究竟是你的谁，虽然我说不出你美丽的名字。

我将诗歌编成七彩的花环佩戴到你的头上。我独自卧在黑夜的岩石上向你述说着喜怒哀乐。在每一个陌生人面前我称呼你为我的朋友，虽然你是我的主人。有时我也由衷地将你视为我惟一的爱人。

我知道你就在我的身边，虽然我从来就没有看见过你。

在一切生命的苦乐中，我一刻不停地追寻你的足迹，你却微笑着用更多的虚无来抹平生命的足迹。

为了走进你神圣的殿堂，我忍受着生命的四处漂泊，我的一切悲欢离合都在向你悄悄地靠拢。从我脱离母体的第一声啼哭开始，你就将我的生命紧紧拽在手心里。

天边的流云正挥动绚丽的红纱巾，渴望成为你的我将再次出发，去赴你那永远新奇的约会。

[五六]

他们都把你当那惟一的丘比特神，我不会再辩解了。在尘世间，我的时间是有限的，还是让我争取每分每秒来为你歌唱吧。

在他们的责问中，我的孤独早已化作苦楝树的沉默，和你饮宴上的音乐。

你常常在我生命薄薄的器皿里装满痛苦和绝望的酒水，但你从来就没有让我失望过，从来就没有。

就像每个冬天的深夜，你总是如期用寒冷将我从睡梦中唤醒一样。

[五七]

有时候我也为自己的热情感到满面羞愧。

虽然我将我的储存全部看作财宝，但对我的兄弟姐妹毫无意义。我真心将尘世间的每个人当作朋友，当他们向我索求的时候，我却什么也给不了他们。

只有你知道，在我的满面羞惭中，鸟儿已在我的诗歌里振翅飞越暴风雨中的海洋，流浪者也在不知不觉中穿越死亡的峡谷。

而你——我生命中惟一的、最后的胜利者，总是微笑着不言不语。

[五八]

如果你不曾来到这个世界上，我将感到深深的失望。我失去的，不仅仅是一条拯救的道路，更是一座值得终生跨越的高山。

在相互的苦痛中，你获得了你的真理，并使它在人世间撒下遍地甘霖。而我，则在每日的死亡中不断获得重生。

假如有一天，我的脚步不再朝着相反的方向奔跑，我将亲手把我的肉体奉送给你漫长的黑夜，尽管我的灵魂将变得更加凄凉。

在叛逆中，我慢慢向你靠近，虽然你从来就没有远离过我，也永远不会让我成为尘世间可怜的孤儿。

[五九]

我从来就没有失去过什么，只因你赐予我整个生命的瑰宝。

那些离开我远去的，本来就不是属于我的；那些属于我的，早就在不知不觉中汇入我生命的洪流。

一路上的悲欢离合，和所遭遇的全部破铜烂铁，都已经被我投入了生命炽热的熔炉，在那些被人遗忘的日子里，铸造成了装饰生命的高贵的奢侈品。

当我终于将自己的天空和道路清扫干净，我反而为自己拥有的宝贝发愁，不知如何才能和世人分享我的欢乐。

如果你现在问我需要什么，我只真心地请求你，赐予我一个爱人，让我和她粗茶淡饭，不离不弃，终老一生。

[六〇]

爱已注入我心中，我的心中满是光明，我再也不知如何为你歌唱。

往昔里数不清的悲欢离合，在不知不觉中早已汇入生命浩瀚的海洋。我那乐于奔跑的脚步，终于感到无比倦怠，渴望在你的客栈里得到永久的安宁。

此刻，我是多么乐于向你倾诉，向你奉献，哪怕你只是派出死亡的使者，给我的心献上无情的一剑，从此结束我在尘世间缤纷的旅程。

昨日那些虚度的光阴，是多么令我感到惋惜。未来的每分每秒，我不得不在无言的沉默中，发出一声声惆怅的叹息。

但是，它们再也不会毫无意义地逝去，再也不会。

[六一]

无论走在尘世间的哪条道路上，只要一回头，我就会发现，我已经走过了千万道路。

握住我的手，真心地祝福我吧，我的兄弟，我的姐妹。生命就像夏日里的一缕晨雾，微风轻轻一吹，就会无痕地消散在空气里。

在不经意之间，我已经学会了宁静地回眸。现在，我的心房里已经空无一物，只让惟一的你住在那里。

握住我的手，我的兄弟，我的姐妹。相信我，在握手的一瞬间，你们一定会感受到我的温暖，并且会得到我双重的祝福。

[六二]

不经意间从睡梦中醒来，耳畔传来你匀称的呼吸声。

乌鸦是你最早的客人，偶尔在黎明的琴键上弹出三两个暖暖的音符。雪花是季节孕育的无邪的孩子，贪玩的不眠不休，不知回归来处。

王冠上的珠宝散落一地，此时此刻，即使一无所有的乞丐也会对它们视而不见。

恍恍惚惚中，不知是你沉睡在我的梦里，还是我醒在你的原乡，我的主人？

窗台上，有几片淡黄的菊花悄悄滴落在阳光提来的金色花篮里。

［六三］

是谁抵达我的内部，将我即将枯干的油灯注满并点亮，给我送来黎明和子夜的狂喜？

是谁挽留住我的脚步，让我将头颅埋在肥沃的土地里，在方寸之间将万水千山走遍？

又是谁忍受着花朵的赞美和诅咒，让我心甘情愿将我的所有敬献给过往的路人?

我不想说出你的名字，只想拨响琴弦，托不息的洋流带去整个雪季的失眠。

如果这样还不能使你欢乐，那就请你一路向北，看看暴风雪劫掠过的天空。

[六四]

江南满春的月夜里，短暂的时光都在漫不经心的闲聊中虚度了。目睹黑夜的倩影消失在黎明的波光里，我的心无数次在焦灼地呐喊，让我在你的岩石里开放成一朵美丽的鲜花吧。

短暂的时光却在漫不经心的闲聊中虚度了。在我消瘦的眼眸里，你轻易地走过了江南的蒙蒙烟雨，不是归人，甚至不是过客。

虽然你已经是我的主人，或许我只能永远称呼你为我的朋友。

[六五]

即使灵魂的煎熬可以埋葬昨日神奇的命运，我也不敢奢望时光永远没有尽头。注定总有一天，我的苦痛会使雪山崩溃，并用冰冻的岁月掩盖你的躯体。

难道只有灵魂彻底的沉默才是我通向天堂的惟一道路？即使如此，我也不敢与你结缘，或者主宰自己的命运，我对自己的背弃不但不能使我回到童年的原乡，反而会让我成为自己一生的牢狱。

春天已经深了。我究竟该去哪个时空舔舐我夕阳下橘红的忧伤呢?

[六六]

你已经在我的苦痛和坚忍中变成不朽,我的生命也将因你火红的烙印而变得五彩斑斓,源远流长。

夜是漆黑的,叹息也很沉重,朝圣者的道路并不盲目,只因为你给我灵魂最灼热的一击。

时间长河的峭壁上,开满记忆苦涩的鲜花。沾满晨露的梦的翅膀,终将飞越阳光下带笑的长空。

在神圣的洗礼中,当生命再次发出第一声哭泣,我不知道,我究竟是你的谁,你究竟又是我的谁?

[六七]

我害怕进到你的殿堂里进行灵魂的忏悔，因每次忏悔之后，我又会犯下许多新的罪恶，并且变得更加脆弱和孤独。

祈求你只在我的心空里留下漫长的冬季，千万别叫我忘记了干涸在历史耻辱柱上的鲜血，就让我戴着镣铐尽情地在自己内部舞蹈吧。

如果世界上真有神奇的命运，我相信，你就是我无法战胜的命运。如果生命里真有人们常说的轮回，你就是我生生世世的轮回。

［六八］

我终于要走了. 我已经在你的土地上停留得太久了，该做的工作都已经做完；远处的天空正传来麦子撞击秋天的呐喊。

在我的世界里，你已经开始变得陌生。对于你，我不再像黑夜，再也不能给你夜色里的宽广和安宁。

侍奉给你的最后一份礼物，只是一珠钉入你青春深处的泪花，它将使你七彩的荣光更加夺人心魄，暴风雨来临之际，它将化作一帘水雾，隐去你凄美的哀愁。

［六九］

再见吧，我已经可以忘记你了，我真的已经可以做到不再念想你了。

别再无所不在，别再在空气中某个看不见的角落，用你爱的目光编织我天边的彩虹。

该过去的都已经过去了。此刻，我的心就像一颗饱满的麦子，充满对春天的渴望。相信我吧，我会找到爱你的爱人，她会成为你最好的朋友。我也会有你爱的孩子，他会生活幸福而安康。

回到属于你的殿堂里去吧。我相信，在玫瑰火红的嘴唇里，我一定会看到恋人们被你温暖地灼伤。

［七〇］

你的脚步是坚毅的。你的背影仿佛在说："再见吧。我不会再回头。"

我凝视着空空的两手，满心无奈和愧疚，说不出一句挽留你的话语。

花园里的花朵已几经枯荣，时间又近黄昏。我还来不及为你准备别离的酒宴。

村里美丽的姑娘都已儿孙满堂，早就习惯了晚睡早起的日子，不再去河里一边歌唱，一边清洗她们乌黑的长发。不爱出门的母亲已经热衷于走门串户，整日和村里的老人们叨唠自己出门在外的儿女。

聪明的，请你告诉我，究竟你从哪里来，要到哪里去？我那些因你而离散在芸芸众生中的儿时伙伴，再次因你而聚首时，是否真的会解脱了肉体的枷锁，获得灵魂的永恒自由？

［七一］

你一路走来，你不停地走来。

从混沌初开的天地间，你走来。从历史深处早已被人遗忘的角落，你走来。

你走过了人世间的悲欢离合，走过了春夏秋冬无数个轮回。

你从大街小巷的故事里走来，从穷乡僻壤的山间小道上走来。

你不停地走来，无始无终地走来。你刚用一声呐喊迎来一个鲜活的生命，又用悲伤的泪水送走一个化作尘埃的灵魂。

从我颤抖的恐惧中，你走来，将我的青春散乱地丢弃在嬉戏的草坪上，将我的爱情草草地埋葬在秋风的哭泣里。

[七二]

为了追赶你的脚步，我不敢稍有懈怠，起早贪黑，生怕浪费了生命中的每分每秒。

多少个枯燥的日子过去了，当掌声终于响起，蓦然回首，才发现不知不觉间，我已是满身沉重的枷锁，朋友已经不再，恋人早已做了他人的新娘。

而我所能目睹的，依旧是你从容的背影，不知疲倦地向前走着，走向那永无止境的远方，只留下我一路的慌乱、猜想和恐惧。

[七三]

你已经用忧郁淹没了我的白天与黑夜，让我既害怕你悄无声息地来临，又恐惧你不知不觉地离去。在战栗的苦痛中，我整个身心都变成了空洞中的空洞。

如何才能穿透你散发出的真理的光芒，让我看到每一朵鲜花的绽放和凋谢？如何才能让我在灵魂上刻下你每分每秒历经的风霜雨雪？

而你，除了用闪电点亮天空，用雷声打破沉寂，始终不言不语。

[七四]

在看得见你熊熊燃烧的心在天空呐喊的时候，我只用深沉的凝眸和你缔结今生的情缘。在看不见你婀娜的身影荡漾在四季的秋千上的时候，我却用迷思的心灵将你的来世紧紧守望。

这就是我的命运，总是走在你亲手开垦的道路上，吮吸着和你短暂相聚的甜蜜，咀嚼着和你永久别离的忧伤。

[七五]

当你和你的羞涩走进我深邃的夜空，为什么我守望千年的灵魂反而弹拨出更加孤独的乐音？只因为一切都是短暂的，永远只是一个永远的神话。

梦乡里一路走来的，是你遥远的灵魂。你早已安详地躺在故乡温暖的摇篮里，头枕着高高的山冈，日夜聆听着潺潺的小河流过你的血管和麦地。

沿着你一路走来的方向，我看到了天空星星的闪烁，找到了真理朴素的光芒。

[七六]

你用春风春雨将我冰凉的心温暖，又用秋风秋雨使我温暖的心变得冰凉。在你反复的捉弄中，我的天地仿佛变得只有两步之遥，一步出生，一步死亡。

你已经不可能再使我变得更加脆弱。在海水与火焰交织的考验中，我的灵魂已经被你的黑暗照得明亮。

我真诚地感谢你，正是你预定的结局，才使我在卑微的人生中变得厚实和坚强。

[七七]

如果你注定要通过我的十字架才能找到自己的道路、真理和光芒，那就请你不要悲伤，并且为我放声歌唱。

就让我背负沉重的十字架走过大街小巷，你不可能再给我更多的耻辱，也不可能再使我变得更加悲伤。

当你无情地将我鞭打，我要对你说;“我爱你，不幸的人。”当你把我当作敌人，我却要称呼你为我永远的朋友。

记住我的话吧，我的兄弟，我的姐妹，你们终将和我一样，找到自己永生的主人，得着幸福和自由。

［七八］

我的心还要在黑暗的牢狱中困扰多久？白白的月亮又升起来了，你孤单的舞蹈已经在清冷的月光下跳了一年又一年。

你已经是倦鸟筑在我灵魂上的巢穴，我却无法成为你温暖的归宿，你的幸福在我牢狱的千里之外，我永远是你无法穿越的远方，我的主人。

只有不再回到原点，你才会找到更好的风景。而我，只有在牢狱的困扰中，才能一步一步走近你，让你不再成为我千年的守望。

[七九]

如果有前世，我们必定相拥着走过了多少滚滚不变的红尘，否则，在渺渺茫茫的今生里，我们就不会再相遇。

如果有来世，我一定会毫不犹豫地奔向你，奔向你，和你携手走过每个都市，每座村庄，为你献上只有你和我才懂得的歌声，否则，今生相遇的遗憾又会添上新的不幸。

可是，我们偏偏被抛掷在今生的风雨里，过去的朝朝暮暮，我们被陌生的人群所阻隔，未来的暮暮朝朝，我们也将远隔万水千山。

为了走近你，还是让我屈从我的命运，远离你吧。

[八〇]

时间在鳄鱼锋利的牙齿间嘀嗒嘀嗒走过，你放入我花篮里的，是那个传说中的毒苹果。

我的欲望像绵绵秋雨，我的陷阱是大海的沟壑，深不可测。

你还在远方将我的门窗敲响，你的脚步还在不断走近我的村庄，可我无法再抚摸心中的温暖。当我努力浮出水面的时候，看到万里无云的晴天，也许我不应该再感到恐惧。

[八一]

我给你种植的玫瑰卑贱而低微，这不是我的屈辱，而是我的福音，只因它开放得有如蒙童纯真的笑脸，更似黑夜一般深沉。

我的白天已经不是白天，黑夜不再是黑夜。遥想终有一天，我会穿过火红的草地，亲手给你佩戴世界上最美丽耀眼的王冠，我就觉得，一万年苦涩的等待，也只是甘甜的一瞬间。

[八二]

我不需要用别离来拯救自己。在你爱的枷锁中，我感受到真正的自由。

在我贫瘠的田地里，你不断种植芬芳的玫瑰。

我的日子，已经被你的火焰填满，并燃烧在无尽的念想里。

我不会用理智的闸门关闭思念的洪峰。即使在这汹涌的洪峰里，也跳跃着你的喜悦。

终有一天，我的一切幻想都会化作和你长相厮守的快乐，并在我的诗歌里成熟为爱的永恒果实。

从此，我再也不会冒失地说出我的语言。

下·无脚鸟集

一个冬天的寓言

这是一个洁白的冬天

天空从未合过双眼

黑夜不知去了哪里

大地上没有人的踪迹

这个冬天只有一个猎人在打猎

他手握一杆乌亮的老枪

不言不语，神情专注

内心燃烧着一堆篝火

他整天都在瞄准一只狐狸

他的猎枪里没有一颗子弹

这只狐狸走过了很多人类聚居的村落

她从未被猎人的子弹击倒
她伤心又失望
只有这个冬天是她真正的灾难
她第一次感觉到了什么是幸福

绝望里她为猎人建造了一座雪屋
在小屋里燃起了熊熊的小火炉
她在猎人面前跳了一个冬天的舞蹈
她说出的话语掩埋了整个寒冬

这个冬天猎人始终没有扣动扳机
这个冬天猎人开始有了改变自己的冲动
这个冬天猎人开始种植森林
这个冬天猎人想着念着
以后的每个季节都是洁白的冬天

大　　海

今夜的我不想碰见任何事物

但我不能不碰见你

碎裂的大海，碎裂的蓝色豹子

碎裂的刀子的反光

在荒芜大地凹陷的眉骨里

黑暗伴着你的尸体和疼痛升起

黑暗从我内部升起

我的内部混沌一片

碎裂的麦子，碎裂的家园

碎裂的万物的母亲

芸芸众生从你的躯体上践踏而过

内心里没有升起任何哀伤和温暖
而我走过你怒吼的波涛
内心里却揣着十个太阳
还有高过青藏高原的灼痛和悲伤

大海，　大海
今夜的我匆匆走过麦地
麦地里已找不到一颗麦子
今夜的我必须抱住你的疼痛
你千疮百孔的光芒
学会遗忘和幻想
在黎明打到地上的时刻
与你一道，　抱住太阳
经过天堂，　重建家园，　重建故乡

故乡的秋天

那是一片秋季的山冈
山冈巍峨挺拔， 但很荒凉
我的骨头和诗稿将长埋在这里
搂抱着麦地里的麦子和村庄

麦地里的麦子和去年一样
已经走过了青春的泪花和血光
短促的春天， 葱郁的山冈
是死亡之神巡游栖息的龙床

今年的秋天会停留得更加漫长
这么漫长的秋天， 三十年未遇

献　歌

我的骨头和诗稿变得比秋风还要悲凉
似乎在迎接天堂恩赐给故乡的最后时光

故乡的最后时光也就是我的最后时光
所有的麦子和村庄都将被抛弃
都逃不过死亡之神的魔掌
只有一个小姑娘跑到秋天的山冈上
抱住荒凉的山冈失声痛哭

那时故乡的麦地和村庄将要娶回春天的新娘
果园茂盛，再也无人品尝
只有一个小姑娘跑到春天的山冈上
抱住葱郁的山冈失声痛哭

她就是我的妹妹

她已失去世界上惟一的亲人
我的妹妹必须学会饮下屈辱的泪水
在明年收获麦子的季节
不知她将远嫁何方

丰收了麦子的乡亲盖起了新房
他们和自己的妹妹生活在一起
盘算着来年的收成
品尝着米酒的芳香
此刻，还有谁能抱吻我的忧伤

故乡的石磨

故乡的石磨，两颗废弃的坚韧的牙齿

我的好兄弟，吞吐过多少麦子和野菜的好兄弟

谁能在霓虹灯下见到你真是幸福

谁能在握起酒杯时想起你真是幸福

我们早就背叛了过去饥饿的炊烟

还有谁会把艰辛当作祖传的宝贝

吟诵从前痛苦的诗篇

我的好兄弟

母亲泪水和青春喂养的好兄弟

在这个不再忠诚的年代里

只有我这个不合时宜的傻子

故乡忠诚的儿子
渴望回到故乡小木屋的好兄弟
还在喋喋不休地诉说
同时写下你痛苦的主题和诗篇

故乡的石磨啊， 我惟一的好兄弟
想起你， 想起日渐混沌的故乡和母亲
面对那些半掩半露的乳房
我一再穿越死亡的客栈
背上咯血的诗稿， 骑上梦的白马
回到你的身旁

黑　夜

我已抛弃裹着过去和未来的布袋

将所有天空和道路洒扫干净

带我走吧， 黑夜

穿过枯死的河道

在熄灭的蜡烛里做短暂停留

非洲热带雨林的女儿， 夜莺的姐妹

走过秋天啃光头颅的草地

和所有废弃的烟囱

带我走吧

麦地里堆满丰收景象

父亲的粮仓却依然荒芜一片

带我走吧

光的影子， 灵魂的手臂无法探入的湖泊

劳动的号子结晶着汗滴和盐

太阳的外套肮脏不堪

我却不得不穿着它茁壮成长

别离覆盖尘土的日子

带我走吧

带我上登天堂

在那个掘墓人还在沉睡的时刻

天堂里猎人的箭袋挂满云端

马尾巴甩出大海涨潮的声响

带我下入地狱

非洲少女的故乡

十万年也太短暂的故乡

献　歌

身披古老鱼皮的古老母亲

带我走吧

南国水巷踏水而过的送葬者

北方草原上忧郁歌唱的王子

我要做那永远流浪的恒星

嵌入二〇八八年的夜空

今夜我独坐长江边

今夜我独坐武汉长江边

看滚滚长江

流入黑夜黑色的嘴唇

和我醉酒的心脏

寒风里我遥想着圆明园

怎么也走不出自己的心事

一生喂养的艾草

和五谷杂粮

我月亮装扮的新娘

献　歌

今夜我的灵魂

已经沉睡在温暖的黑洞里

再次回到故乡荒凉的额头上

九　　月

九月有一种气息

鸟坠地的气息

成熟的秋叶的气息

黎明悄悄走入梦中的季节

时光把我送进九月

那个时候

时光还很年轻

体内开满鲜花

和崇拜

期待融为一体

献　歌

我的时光后来再也没有回到过九月

因此她倏然老了

当我轻轻埋葬她

我触摸到时光的躯体

冷硬，　蜡黄

我真诚地哭了

我怀念我的九月

六月的一场暴雨

祖国无数忠诚的儿子
头颅劈开黑色的万里牢狱
血肉之躯锤打亚细亚不再跳动的心脏
鲜血淋漓
染红古老的万水千山
万水千山都做了历史和小丑的刑场

目睹这一盛况
久待的人们笑了
感到了雪露的清凉
而我置身其中
感到透亮的灼痛
灼痛是我千里的雷鸣，万里的闪电

梦见羊群在哭泣

运载粮食的船只已沉没

牧羊人在燃烧的茅屋里酩酊大醉

牧羊的鞭子在时间的落潮里回响

魅惑着啃嚼石头的羊群

羊群在哭泣，　在梦中哭泣

两只羊在哭泣

一只公羊，　一只母羊

哭泣里日子在怀孕，　蛇在怀孕

故乡的果园在衰老，　村庄在衰老

梦见羊群在哭泣

梦见羊群在哭泣的人在梦中哭泣

秋　　菊

秋天是一把雨伞

你是伞中待嫁的少女

在我内部掘出清澈的河流

这是流向火焰和家园的河流

有一只木船停在冬天荒凉的额上

那就是你要居住的传说中的城堡

我心脏里那只彷徨的鸟紧随你飞去

我的心情变得专注而温暖

伞中的少女， 寒夜里打起火把寻找黎明的少女

饮尽为了生存流下的屈辱的泪水

我的脑海里因此埋下孤独的梵高

孤独的梵高在我脸上画满向日葵和播种者

有的被阴暗的箭射中， 紧抱屈原， 长眠不醒

有的始终向上生长， 用黑暗， 也用远方

秋　　叶

秋天的斧头砍伐过北方
草原游落部族的公主
我的姐姐， 或妹妹
乳房落地， 头颅落地
血迹殷红
横陈万里疆域

我的姐姐， 或妹妹
相思的红手帕坠入山谷
没有一丝回响
病痛的绣花鞋先后腐烂
天堂的篮子就是你们的新婚之床

岁　末

岁末荒凉的大地上

冬天取走了一切收成

取走了粮食， 取走了水

留在远方的游子啊

被内部的黑暗埋得更深

故乡的打谷场上摆满结婚的酒席

表面平静， 内心哀伤的新娘

你从天堂来， 我到天堂去

万水千山经过我的门槛

还有谁能给你幸福和安慰

献　歌

当春天远嫁故乡的桃树

平原上将流过我的骨头和诗稿

一颗绝望的稻子

表面平静，　内心哀伤的新娘啊

岁末的岁末还是岁末

远方的远方更是远方

蜘　蛛

驻守自己编织的陷阱
我静静俯视
灰色的地板，鬼祟的老鼠
为情欲所困的男人，女人
或者一只臃肿的蟑螂
我紧闭双眼，沉思着，吐出钢丝和毒液
墙上的钟不能重复同一个春天
或许，我的青春还在

面对纷乱的物象，我还能说什么
这样丰盈的放荡的躯体
我已熟知太平间，妇产科医院
青淡的，桃红的肉体

殷红的卫生巾，快乐的，痛苦的
呻吟，以及一次又一次的智力运作
真诚的，虚伪的，我反复自问
自始至终，我还能说什么

自始至终，我还能说什么
一只乌鸦在天空盘旋
一朵野丁香在暗自开放
什么时候才能看见
金光四射的坐莲
女人洁白的腹部和泪水
已不重要，我只是一动不动
睁大富有哲学意味的双眼
等待，驻守
或许，我的青春还在

一切已如期而至

一个久远的梦想

呼唤着我

来到遥远的黄土高原

年轻的激情，似火

沿金黄的麦地燃烧

渴望是一条河

与即将来临的黑夜

一道，深了

相对却无语

古老的黄土地变幻了昨日的风景

只有时间的小舟

献　歌

依旧静静划过六月的黄昏
流浪的情感找不到栖息的驿站
我将背起惆怅的诗歌
再一次远行

一切已经如期而至
一切仍将如期而至
埋葬不掉的
是一个伤心的城市啊
我的故事
从此将在陌生的大街小巷传说

竹 篱 笆

竹篱笆终于倒塌了

在红瓦房突起的村庄

阳光的手指伸过来

牵引我去远方

远方有我惟一钟爱的少女

她早已做了海盗的新娘

夜　神

夜风轻语
引我漫入黑色的巢
从南方幽邃的海岸
到北方流浪的沙漠
那只白色鸟已经飞走
现在是我报偿的时候了

星星着朦胧的衣衫
吐出清冷的手指
令我不断衰老，咳嗽
无法感激，每次的日落日出
我的故乡在远方

树叶盛满夏季的餐桌

兔子草在暗处小心开放

诱我彻夜不眠

我吻所及的每寸土地

每扇紧闭的门窗

并且聆听，猫头鹰的每声叫唤

当最后一个勇士的血擦亮东方的天空

我的掌声汹涌来临

缘

明知道今生注定擦肩

为什么依旧彻夜难眠

不是心的庭院长出了杂草

只是前世那段未了的情缘

夜莺说

从春天到秋天

一步之远

佛祖说

从心生到心灭

一念之间

白天不是不懂夜的黑

流水也曾为落花洒下深情的泪水

怕只怕

来生也无法牵手

走过生命中的每一天

传　　奇

你生活在未来

我沉睡在过去

千万次掀起呐喊的浪花

渴望用不老的心

和千古的神话

填满彼此之间的距离

沧海桑田

太平洋的眼眸都噙满了感动的泪水

庆幸的是

你没有变成我

我也没有变成你

你我始终是地球的两极

有时候

坐在春天里

看白云无痕飘过大海的波心

左手握着自己的右手

何尝不是人生的传奇

最　　好

为什么总要等到别离的时刻

才会开始依依不舍

是因为相见并没有相恋

相恋却再也无法相见

恰如六月天不经意飘来的云朵

是那么偶然

又是那么必然

相遇是一种缘

别离是一种命

已经拥有的，不懂得珍惜

注定错过的，未必就是最好

旅　　程

跨过长江，　跨过茫茫的太平洋

一个初春的早上

终于走到了你的家门

不是幸福的归人

不是短暂的过客

是生命中必经的一段旅程

据说

你的春天里风雨很大

花朵很绝望

迟迟不能穿上五彩的嫁衣出门

你春天里的花朵注定不肯放过我们

时间将会证明

漫长旅程里

灵魂的舌尖亲吻过的

只有灵魂的另一半才会感觉到疼痛

这就是无法言说的人生

错　　失

我黑夜无边的翅膀

一直在追赶着你黎明的脚步

静谧的午夜

二十四小时里惟一交集的时刻

又在彼此的忙碌和纠结中错失

命运注定是一场无法相聚的别离

柏拉图，　柏拉图

从远古到如今

如铁的你究竟拯救过谁

我只是散落尘世间的一粒尘埃

献　歌

无法成就梵高的向日葵

也只能站在山谷仰望星空中的尼采

那就让我实现自己的微小

空白了灵魂沉沉入睡

春　天

二〇一四年的春天

是一只失聪的耳朵

可怜一个突然失明的流浪歌手

还在对它深情弹唱

星期一到星期天

这只失聪的耳朵

冷冷地走在山谷和平原上

它从未感到过饥渴

夏天已经开始拷问大地

失明的流浪歌手

献　歌

紧张得快要窒息

面对这只失聪的耳朵

他开始在诗歌里储存粮食

这是他惟一觉得可靠的幸福

降　生

我们虽然还未曾相见

你却已经陪伴我周游了世界

从黄河到泰晤士河

从喜马拉雅山到富士山，再到麦金利山

割舍不断的血脉

让我们第一次有了生命中的交集

作为祖祖辈辈留传的一条朴素真理

和玫瑰千万个心愿吐露出的芳菲

混沌中就在万水千山孕育着自己的生命

注定成就为芸芸众生里一个伟大的奇迹

当你像外星球一样击中这个世界

仙鹤也会驾着祥云送来贺礼

在那个秋高气爽的时刻

我该如何向你解释这一段刻骨的经历

遗　憾

一颗蓝色泪珠上的巨大心脏
执着地守候在黄昏的嘴唇上
迟迟不肯抱着夜的摇篮入睡
究竟是为了谁

世界另一边童话般的雪屋里
点燃橘黄小灯的时刻
依旧隔山隔水
似曾相识的伊人
还在悄悄地梳妆
徐徐地憔悴

时间早已迷乱

昨日今夕，　今夕何夕

守候是如此美丽

伊人哪怕对面

依旧天上人间

人生的深刻

注定是用一个遗憾填补另一个遗憾

致 梵 高

孤独是一株芥末树

一刻不停地

在你内部疯狂生长

饥饿的肠胃

在你生命的最后十年里

一直对着粮食绝望地呐喊

因为孤独和绝望

你尘世间的肉体和灵魂

从未品尝过安宁和自由

仰望繁星旋转的夜空

俯首群鸦乱飞的麦地

献　歌

沉浸于始终追随太阳的向日葵
在神秘的色彩王国里
你应该找到了
安放肉体和灵魂的家园

在你用一颗子弹
第一次也是最后一次
主宰自己命运后的第一百二十四年
一个东方的游子
走过万水千山来到你的面前
默默用灵魂倾听
你诊断着人类良知的右耳
此刻，除了你
还有谁能与我酌酒一杯

附·父　亲

父亲是一个十分复杂的人，不是三言两语所能说得清楚的。我感受最深的有三点：一是他的专制，二是他的酒瘾，三是他钢铁一般的意志。

说起父亲的专制，那是远近出了名的。我家是一个大家庭，九个兄弟姐妹，父亲在家里当真是说一不二，只要是他决定了的事，包括母亲在内，没有任何人敢说一个“不”字。谁要是胆敢违背他的意志，哪怕是一丝半分，轻则会被他痛斥一顿，重则会挨他一顿狠揍，即使是母亲，也是如此。父亲平时很少开口，但他的威严无处不在，在家里我们兄弟姐妹几乎连大气都不敢出。说出来也许没有人会相信，我们兄弟姐妹甚至连“爸爸”都不敢叫他一声。父亲平时命令我们做事，从来不需要使用言语，只要将深陷的眼睛横一横就绰绰有余了！

专制的家庭和专制的国家一样，很容易产生特权现象。在我们家里，父亲处处享有特权。打我记事的时候起，母亲和我们兄弟姐妹就只能吃煮得稀烂、连猫都不吃的红薯度日，但不管母亲和我们兄弟姐妹如何饥饿，母亲在煮饭时，从来不敢不在红薯旁边给父亲留出一点净米饭，否则父亲就会阴沉着脸，不上桌，更不用说动一动碗筷了。平时家里好不容易打一次牙祭的时候，必须等到父亲吃剩了的时候，才有母亲和我们兄弟姐妹的份儿。打牙祭的时候，我们兄弟姐妹无不咽着口水、眼睛可怜巴巴地远远望着父亲吃着那香喷喷的猪肉，但父亲似乎丝毫不为所动，依旧自顾自地吃着。那时我是非常痛恨父亲的残酷和自私的，觉得父亲根本就不关心自己的孩子，但在我考上大学，父亲徒步送我到二十里以外的小公共汽车站时，我才算明白了父亲的良苦用心。在我临行之际，父亲声音有些沙哑地对我说："你现在成人了，以后一切就要靠自己了，我是没有能力管你们了。莫怪我以前对你们兄弟姐妹太狠，要晓得，我那时的身体比什么都重要！"

其实，我小时候并没有因为父亲生活上享有特权而真正恨过他，那时尽管年纪小，但也朦胧觉得，父亲要是身体不好，我们就全完了，所以他享有特权是应该的。我所不满意的是，父亲不该像专制国家的专制君主那样，在家里制造出诸多“冤假错案”。我们兄弟姐妹都遭受过他的冤枉，而且永远没有平反的机会。我就受过他的一次莫大冤枉，至今想来仍然觉得是一件很好玩的事情。大约在我七岁那年过年前的几天，天下着暴雨，父亲好不容易买了一挂鞭炮，准备大年初一早上放，以图一个吉利。谁知道新年还没有到的时候，鞭炮就被家里最调皮捣蛋的老三偷着放了几个。或许在父亲看来，这是极不吉利的事情，父亲自然气急败坏。于是父亲召集家庭所有成员，开始一个个审问，当审问到老三的时候，老三做贼心虚，恶人先告状，一口咬定是我偷放的。父亲不问青红皂白，立即拿起一根扁担要痛打我。我忍受不了这个天大的冤屈，拔起腿子就冲入暴雨中，父亲手持扁担跟着就追上来。当穿过一个水田的田埂时，父亲一个不小心，就栽倒在田埂下的水田里，身上脸上弄得都是泥巴。本来已被雨水淋成了一只落汤鸡似的父亲恼羞成怒，更加拼命地追上来，但此时我早已跑得远远的了。我从屋背后的山上跑到家里的草楼上悄悄地藏了起来，没有多久，父亲也骂骂咧咧地回来了。大约过了一两个小时，天快黑了，家里人还不见我回来。母亲着急了，于是叫全体兄弟姐妹去找我，他们哪里找得到我的影子呢？天完全黑下来的时候，兄弟姐妹们一个个垂头丧气地回来了。由于不见我的踪迹，焦急的母亲坐立不安，终于不顾父亲的天威，开始数落父亲："不就是几个鞭炮么！"父亲开始嘴还是硬硬的："死了活该，就当没有养！"但或许觉得事态严重，后来也就不作声了。听着母亲不断的数落声，想象着父亲的神态，我突然觉得整个事情非常滑稽可笑，终于忍不住笑出了声。母亲寻声找过来，把我从草楼上硬拽了出来。见我冷得牙齿直打架，却安然无恙，已经消了气的父亲也就没有再追究下去。这个事情虽然过去了二十多年，但对我心灵的影响是巨大的。我成人之后对专制制度一直持否定态度，与童年的这个"冤假错案"不无关系！

父亲不但专制，而且好酒，简直可以说酒就是他的命根子。只要他的眼睛是睁着的，他就会端起他那个早已斑驳的瓷杯，坐在屋前一棵歪脖子杏梅树下，极为享受地、小心翼翼地喝上个一杯半盏的。每次吃饭时，如果饭桌上见不着他那个酒杯，他是绝对不会上桌的，即使再好的饭菜，也丝毫不能让他有半点动心！晚上不喝上一杯，他就没有办法上床睡觉，而且会叫母亲给他倒上一杯放在床头，以备他睡梦当中醒来时喝。我那时想，父亲的五脏六腑完全是为酒而生长着的，要不就是前世和酒有结下了什么深仇大恨。

父亲的这个习性可为难了母亲！那个时候还干着集体，粮食极为匮乏，家里九个子女，吃饭都是一个极大的问题，哪来多余的钱给父亲买酒喝呢？哪来多余的粮食给父亲酿酒喝呢？但母亲真是了不起，她居然想办法解决了这个问题。她用自家种的红薯和生产队里分下来的米糠煮熟了，搅拌在一起发酵几天，然后放在一个铁锅里面蒸，居然也蒸出了香气四溢的很纯很纯的烧酒。长此以往，母亲慢慢地自学了一手好的酿酒技术，酿的酒也远近闻了名，父亲灵机一动，叫母亲卖酒，一时生意还很兴隆。可惜的是，做生意在那个时候还属于资本主义的草，因此很快就被大队的干部给割掉了！

与父亲喝酒有关的事情有两件非常好玩，一件恐怕带有传说的性质，另一件却是真实的。听生产大队与父亲特别要好的一个叔伯讲，他和父亲，还有另外两个叔伯，一共四人，在一个暴雪之夜，每人喝了两斤多白酒，觉得没有什么好玩的，在父亲的再三怂恿下，借着酒兴，跑到雪地里，借着雪的反光，斗了一个晚上的“七举”（扑克牌的一种玩法）。这个叔伯讲得活灵活现，但我总是半信半疑：父亲平时那么严肃，从来就没有笑过，怎么会有那么大的玩性呢？不信归不信，但这件事一直在我家乡传说。

真实的事情是我亲身经历过的。父亲喝的酒虽然绝大部分是母亲酿造的，但逢年过节时，父亲还是会花上两毛钱到供销社买上二两散装的白酒解解馋。大约是一个中秋节，父亲指派我去买酒。回来的路上，经过一座独木桥时，我一个不小心，摔到了河里。人虽然没有摔坏，但由于装酒的瓶子没有盖盖子，本来不多的酒泼出来一大半。这下麻烦了，没有办法交差了。怎么办？我灵机一动，灌了一点河水到酒瓶子里去，然后提心掉胆地回家了。结果怎么着？父亲居然没有发现，一样喝得津津有味！从这里我得出了一个结论：大凡酒鬼，根本就不知道自己喝的是什么！我一直以成功地瞒过父亲而引以为自豪。工作后，有一年回家过年，趁着酒兴和父亲笑谈起这件事，没有想到的是，父亲却说："我哪里喝不出掺水的酒呢！"

父亲虽然喜欢喝酒，但在我的印象当中，却当真是从来没有醉过——他的酒量很大。父亲的这个大酒量遗传给了我，让我风光不少。不管在什么场合，我都没有醉过，以致很多朋友都以为我事先吃了什么解酒的特效药物呢！

父亲在家里的专制虽然情有可原，但多少有些令我反感。不过，说起父亲的意志，我是由衷佩服的！父亲的意志真可以说是像岩石，像钢铁，无坚可摧！无坚不摧！

父亲读过几年私塾，在我们那个穷乡僻壤，应该算是一个"知识分子"了。他的这点知识使他成了人民公社的干部，但也给他带来了巨大的灾难。工作不到一年光景，父亲就被公社书记开除了。原因是父亲脾气倔强得连八头牛都拉不回来，眼睛里掺不得半点沙子。一次公社书记喝酒喝醉了，深更半夜去敲一个寡妇的门，正好被起来小解的父亲碰上了，父亲不管领导不领导，不由分说把书记臭骂了一通，第二天还把书记的丑事公开了，弄得这位书记人前人后抬不起头来。这位书记自然要借机报复，他很容易就找到了父亲的污点：一次父亲喝酒喝多了，糊里糊涂地对着写有“伟大领袖毛主席万岁”的墙壁撒了一泡尿。这还了得！父亲立即被公社书记冠以侮辱伟大领袖毛主席的现行反革命的高帽子，并在公社一个楼梯下的黑房子里整整关了三个月。其间，批斗、游行是免不了的。有意思的是，每次批斗时，父亲总会想法事先揣几粒花生米在裤袋里。待批斗完了，父亲就从袋子里摸出一粒花生米，丢进嘴里，一边嚼，一边笑嘻嘻高声对台下观看的黑压压的人群说：“刚才被斗臭了，现在香一下！”台下顿时哄堂大笑。父亲一下子成了远近闻名的斗不臭的“反革命”。事隔多年以后，父亲总是和他同辈人玩笑说：“真要感谢那一泡尿，让我一夜之间成了名人！”

被批斗和关了三个月以后，父亲的工作没了，又回了老家种地。母亲为此埋怨了父亲几句，父亲倒安慰母亲：“自己种，自己吃，睡得安稳。”但父亲何尝能够睡一个安稳觉呢？他虽然被放了回来，灾难却并没有因此而结束。父亲回到家不到十天，书记就带着公社武装部和生产大队的人，来将我们家的房子拆掉了充公。拆房那天，正好父亲有事出远门了，无奈的母亲只好和我们九个兄弟姐妹蹲在雪地里抱头痛哭。我至今仍然清晰地记得，那是一个凛冽的下雪天，乡村的山山水水都笼罩在一片白皑皑的美丽当中。父亲回来之后，看见满地狼藉和痛哭着的妻儿，在废墟上坐了许久，然后恶狠狠地对着我们吼了一句：“哭什么，旧的不去，新的不来！”接着就默默地开始收拾残局。在父亲几个结拜兄弟的帮助下，父亲很快又建起了一座新的茅草房子，一共六间，此后，一家十一口人就挤居在这座茅草房子里，直到我们兄弟姐妹一个个成家立业。

人们常说，祸不单行，看来这是真的。在我读小学四年级时，由于分产到户，我家的境遇有所好转，一年中全家人基本上不缺口粮了。不料祸从天降。一个炎热的六月天的中午，母亲从水田里劳动回来喝了一勺井水，不料两眼一黑，双腿一软，就瘫倒在了灶门前的地上，两只眼睛“唰”地一下，爆了出来！母亲当即昏死了过去。经过生产大队赤脚医生两个多小时扎针灸抢救，母亲虽然苏醒过来，但从此病倒了，再也无法劳动。医生诊断出，母亲得的是严重的冠心病和甲亢，不能劳动，但必须吃好的，并且必须坚持长期治疗和休养。这个结论对父亲提出了最为严峻的挑战。一方面，父亲由于读了几年私塾，因此顽固地坚持“万般皆下品，惟有读书高”的信条。另一方面，由于被公社打发回了老家，感到非常耻辱，总结原因时归结为自己书读得太少，因此总是希望他的儿女们多读点书，为他争一口气，所以无论生活有多困苦，他都坚持供应我们兄弟姐妹读书。那时读书学费虽然不多，但是除了大姐和大哥外，我们还有七兄弟姐妹在读书，却也够父亲受的了。最为关键的问题还是，我们七个在读书，大姐又出了嫁，只有大哥一个人在帮助父亲干农活，家中极其缺少劳动力。母亲没有病的时候，一个人可以顶三个，现在自己还需要人照顾，因此成了父亲一个极为沉重的负担。这种情况意味着，如果继续供应我们读书，母亲将走向死亡。而坚持给母亲治疗，则意味着我们兄弟姐妹中必然有几个从此要辍学。怎么办？将近一个星期，白天父亲阴沉着脸干活，一言不发，晚上一个人坐在屋门前那棵老歪脖杏梅树下喝闷酒，人很快瘦得只剩下一张皮松松垮垮地搭在高高的骨架上。终于有一天，父亲召集我们所有的兄弟姐妹，说："天要绝我，我偏不叫它绝！"接着以不容半点质疑的语气宣布了他的几点决定：一、书要读，人要救！二、读书的，必须每个人争取考班上第一，考不上第一的，也不能出前三名。三、所有人必须走读，放学之后必须参加劳动。父亲的决定就是命令，我们没有任何反驳的余地，只有老老实实地按照这个决定执行。很快，每天要步行往返七十多里路上学的三哥和三姐承受不了这么巨大的压力，相继放弃了学业。父亲将三哥三姐打得鬼哭狼嚎，但还是没有能够使三哥三姐回心转意。

母亲病了之后，父亲饱尝了世态炎凉。为了筹钱给母亲治病和供应我们读书，父亲把家中值钱的东西都变卖了，但还是远远不够，于是从不求人的父亲只有厚着脸皮到处借钱。每借一次钱，父亲似乎都要苍老一岁。那时，我们根本无从知道父亲向什么人借钱，借多少，又是如何还的。成人之后才知道，方圆几十里的乡亲，不管认识还是不认识的，父亲都向他们借过钱。或许是借的次数多了，后来山村的小路上只要一出现父亲的身影，村民就会像遇见了瘟神一样，远远地绕道而行！在北京大学攻读硕士研究生的一个暑假回家，我问父亲，那时他心里究竟是什么感受，没有想到父亲只是淡淡说了一句："没亲没故的，人家凭什么借给你？再说，人家也比我们好不到哪里去。"

借钱终究不是办法，还得靠自己解决问题。于是父亲和人学起了种甘蔗，也许是父亲聪明，也许是老天眷顾，父亲第一次种的甘蔗就又高又大又甜。其实，这倒也没有什么，因为父亲学一行就精一行：他还会做木工、瓦工、泥水工这些挣钱的活计。关键是父亲卖甘蔗的情形让我永世难忘。在一个叫七江公社的集市上，一根甘蔗比我们所在的公社的集市能多卖出 1 到 2 分钱，但要多走近四十里山路。父亲为了多挣这几分钱，每到赶集的日子，他就会午夜起床，挑起一担早已准备好了的甘蔗，披星戴月出门去！（很多作家的文章中经常出现披星戴月的场景，我坚信，除了父亲之外，恐怕没有几个人真正了解什么是披星戴月！）第二天日薄西山的时候，父亲就会带着给母亲抓的中药，风风火火地赶回来，喝一杯酒，又赶紧去忙别的活计。

父亲的坚毅和不停的忙碌终于有了些许回报。我读高三那年，母亲的病奇迹般地基本痊愈，二哥二姐也先后考上了大学，我和弟弟的成绩在县重点中学文科班的不同年级里都名列前茅。但父亲并没有因此而轻松下来，只是到我和弟弟大学毕业参加了工作，父亲才算真正舒了一口长气。

父亲六十岁生日的时候，我们为他举行了一个庆祝宴会。宴会上，父亲难免提起过去的种种艰难，说到动情处，从没有流过泪的父亲也抑制不住两眼发红。借着酒兴，父亲说："别看你们都是知识分子了，就尾巴翘到天上去了。孔子说，'三人行，必有我师焉。'孟子说，'贫贱不能移，富贵不能淫，威武不能屈。'你们比古人还差得远呢！这些话你们要牢牢记住！"当我往父亲碗里夹一片干辣牛肉时，父亲用筷子一挡，说："牙齿不行了，吃不动了！"这